I Like to Visit/Me gusta visitar

The Library/ La biblioteca

Jacqueline Laks Gorman

Reading consultant/Consultora de lectura:
Susan Nations, M. Ed.,
author, literacy coach, consultant/
autora, tutora de alfabetización, consultora

WR WEEKLY READER

EARLY LEARNING LIBRARY

Please visit our web site at: www.earlyliteracy.cc
For a free color catalog describing Weekly Reader® Early Learning Library's
list of high-quality books, call 1-877-445-5824 (USA) or 1-800-387-3178 (Canada).
Weekly Reader® Early Learning Library's fax: (414) 336-0164.

Library of Congress Cataloging-in-Publication Data available upon request from publisher.
Fax (414) 336-0157 for the attention of the Publishing Records Department.

ISBN 0-8368-4596-X (lib. bdg.)
ISBN 0-8368-4603-6 (softcover)

This edition first published in 2005 by
Weekly Reader® Early Learning Library
330 West Olive Street, Suite 100
Milwaukee, WI 53212 USA

Art direction: Tammy West
Editor: JoAnn Early Macken
Cover design and page layout: Kami Koenig
Picture research: Diane Laska-Swanke
Translators: Tatiana Acosta and Guillermo Gutiérrez

Picture credits: Cover, pp. 5, 7, 9, 11, 13, 15, 17, 19, 21 Gregg Andersen

Printed in the United States of America

1 2 3 4 5 6 7 8 9 09 08 07 06 05

Note to Educators and Parents

Reading is such an exciting adventure for young children! They are beginning to integrate their oral language skills with written language. To encourage children along the path to early literacy, books must be colorful, engaging, and interesting; they should invite the young reader to explore both the print and the pictures.

I Like to Visit is a new series designed to help children read about familiar and exciting places. Each book explores a different place that kids like to visit and describes what a visitor can see and do there.

Each book is specially designed to support the young reader in the reading process. The familiar topics are appealing to young children and invite them to read — and re-read — again and again. The full-color photographs and enhanced text further support the student during the reading process.

In addition to serving as wonderful picture books in schools, libraries, homes, and other places where children learn to love reading, these books are specifically intended to be read within an instructional guided reading group. This small group setting allows beginning readers to work with a fluent adult model as they make meaning from the text. After children develop fluency with the text and content, the book can be read independently. Children and adults alike will find these books supportive, engaging, and fun!

— Susan Nations, M.Ed., author/literacy coach/reading consultant

Nota para los educadores y los padres

¡Leer es una aventura tan emocionante para los niños pequeños! A esta edad están comenzando a integrar su manejo del lenguaje oral con el lenguaje escrito. Para animar a los niños en el camino de la lectura incipiente, los libros deben ser coloridos, estimulantes e interesantes; deben invitar a los jóvenes lectores a explorar la letra impresa y las ilustraciones.

Me gusta visitar es una nueva colección diseñada para que los niños lean textos sobre lugares familiares y emocionantes. Cada libro explora un lugar diferente que a los niños les gustaría visitar, y describe lo que se puede ver y hacer en cada sitio.

Cada libro está especialmente diseñado para ayudar a los jóvenes lectores en el proceso de lectura. Los temas familiares llaman la atención de los niños y los invitan a leer —y releer— una y otra vez. Las fotografías a todo color y el tamaño de la letra ayudan aún más al estudiante en el proceso de lectura.

Además de servir como maravillosos libros ilustrados en escuelas, bibliotecas, hogares y otros lugares donde los niños aprenden a amar la lectura, estos libros han sido especialmente concebidos para ser leídos en un grupo de lectura guiada. Este contexto permite que los lectores incipientes trabajen con un adulto que domina la lectura mientras van determinando el significado del texto. Una vez que los niños dominan el texto y el contenido, el libro puede ser leído de manera independiente. ¡Estos libros les resultarán útiles, estimulantes y divertidos a niños y a adultos por igual!

— Susan Nations, M.Ed., autora/tutora de alfabetización/consultora de desarrollo de la lectura

I like to visit the library. The library is full of books. I like to look at books in the library.

- - - - - - -

Me gusta visitar la biblioteca. La biblioteca está llena de libros. Me gusta mirar libros en la biblioteca.

I like to look at books for children.
I know where to find them. They
are near the aquarium.

------- -------

Me gusta mirar los libros para niños.
Yo sé dónde encontrarlos. Están
cerca de la pecera.

Some books tell stories. Some books have pictures. Some books are about real true things. Which books do you like?

■ — ■ — ■ — ■ — ■ — ■ — ■

Algunos libros cuentan historias. Otros tienen dibujos. Algunos libros tratan de cosas que realmente pasaron. ¿A ti qué libros te gustan?

I am looking for a book. I want to read about dogs. The librarian can help me find the book I want.

– – – – – – –

Estoy buscando un libro. Quiero leer algo sobre perros. La bibliotecaria me puede ayudar a encontrar el libro que quiero.

The librarian reads stories to children. I like to hear stories. Do you like to hear stories, too?

La bibliotecaria lee cuentos a los niños. Me gusta oír cuentos. ¿A ti también te gusta oír cuentos?

I like to read in the library. I like
to read books and magazines.
This book is about pets.

- - - - - - -

Me gusta leer en la biblioteca.
Me gusta leer libros y revistas.
Este libro trata sobre mascotas.

I am quiet in the library. Other people like to read, too! They need quiet to read.

— — — — — — —

En la biblioteca estoy en silencio. ¡A los demás también les gusta leer! Y necesitan silencio para hacerlo.

I like to use the computer. It helps me learn. I play games on the computer, too.

— — — — — — —

Me gusta usar la computadora. La computadora me ayuda a aprender. También la puedo usar para jugar.

I have my own library card. I use it to borrow books. I always bring them back on time!

▪ ▪ ▪ ▪ ▪ ▪ ▪

Yo tengo mi propia tarjeta de la biblioteca. La uso para tomar libros prestados. ¡Siempre devuelvo los libros a tiempo!

Glossary

borrow — to take something that belongs to someone else, with permission, and promise to return it

librarian — a person who works in a library

library — a place where people can use or borrow books, magazines, videos, and other things

library card — a special card that can be used to borrow things from a library

quiet — not loud or noisy

Glosario

biblioteca — lugar donde las personas pueden leer o tomar prestados libros, revistas, videos y otras cosas

bibliotecario — persona que trabaja en una biblioteca

en silencio — sin hablar ni hacer ruido

tarjeta de la biblioteca — tarjeta especial que se usa para tomar prestadas cosas de la biblioteca

tomar prestado — tomar algo que pertenece a otro, con su permiso y con la promesa de devolverlo

For More Information/Más información

Books

Going to the Library. First Time (series).
Melinda Beth Radabaugh (Heinemann Library)
Librarian. People in My Community (series).
Jacqueline Laks Gorman (Weekly Reader
Early Learning Library)

Libros

Librarian/El Bibliotecario. People in My
Community/La gente de mi comunidad.
Jacqueline Laks Gorman (Weekly Reader
Early Learning Library)
Tomás y la señora de la biblioteca. Pat Mora
(Dragonfly Books).

Web Sites

Seminole County Public Library System Kids' Page
www.scpl.lib.fl.us/kids/
Book reviews, stories, links to author sites

Páginas Web

StoryPlace: La biblioteca digital de niños
www.storyplace.org/sp/storyplace.asp
Cuento leídos en voz alta en castellano

Index

índice

About the Author

Jacqueline Laks Gorman is a writer and editor. She grew up in New York City and began her career working on encyclopedias and other reference books. Since then, she has worked on many different kinds of books and written several children's books. She lives with her husband, David, and children, Colin and Caitlin, in DeKalb, Illinois. They all like to visit many kinds of places.

Información sobre la autora

Jacqueline Laks Gorman trabaja como escritora y editora. Jacqueline creció en la ciudad de Nueva York y comenzó su carrera trabajando en enciclopedias y otros libros de referencia. Desde entonces, ha trabajado en distintos tipos de libros y ha escrito varios libros para niños. Jacqueline vive con su esposo, David, y sus hijos, Colin y Caitlin, en DeKalb, Illinois. A toda la familia le gusta visitar distintos lugares.